# PROLEGOMENI A UNA MORALE DISTINTA DALLA METAFISICA

## ERMINIO JUVALTA

CAPITOLO PRIMO

L'ESIGENZA ESECUTIVA


SOMMARIO: 1. L'etica e l'esigenza pratica — Esigenza giustificativa ed esigenza esecutiva — Legittimità da un punto di vista astratto di distinguere le due esigenze e i due ordini di problemi che rispettivamente li riguardino.

2: Processo storico reale inverso al processo logico — Priorità dell'esigenza esecutiva e del problema dell'obbligazione — Identificazione del giusto coll'obbligatorio — Come sorga l'esigenza interna dell'obbligo. — Come per essa si mantenga la indissolubilità dei due concetti anche nelle costruzioni razionali — I tentativi di unificazione nel campo oggettivo e nel soggettivo.

3. Condizione da cui dipende l'esigenza interna dell'obbligo (dualismo tra i motivi). — Non è legittimo considerare quella condizione come necessaria. — Possibilità di far astrazione da essa e quindi dall'esigenza dell'obbligo. — Priorità logica del problema della giustizia. — Conclusione.


1.


L'esigenza pratica è il Calvario dei sistemi morali. È questa esigenza che i moralisti metafisici rimproverano trionfalmente agli avversari di dimenticare, e che i piú tra i moralisti delle scuole positive cercano persuadersi che sia tutt'uno colla necessità storica e sociologica, quando non preferiscono lasciarla in disparte. È in nome di questa esigenza che i kantiani varcano deliberatamente l'abisso tra il fenomeno e il noumeno; ed è per essa ancora che molte menti avvezze alla disciplina critica piú rigorosa la abbandonano volentieri, come un servitore indiscreto, nel vestibolo della morale; è finalmente per questa esigenza che la diversità delle soluzioni date ai problemi metafisici, o in breve la differenza di fede metafisica, continua ad essere, in fondo, il criterio di distinzione tra i cultori della morale, anche dopochè ha cessato di opporre gli uni agli altri i cultori delle altre scienze.

È perciò che proporsi il problema: Se ed entro quali limiti sia possibile determinare, indipendentemente dalla metafisica, una norma morale, equivale a porre quest'altro: Se si possa, all'infuori della metafisica, stabilire una norma della condotta che soddisfaccia a questa esigenza pratica. Il che non vuol dire che le costruzioni metafisiche non rispondano altresí a un bisogno intellettuale; come non vuol dire che cesserebbe in tal caso ogni ragione di essere dei problemi metafisici in ordine alla morale; vuol dire soltanto che a una tale norma potrebbe essere riconosciuto valore etico, all'infuori di questa o quella soluzione dommatica data ai problemi di natura metafisica.

È dunque questa esigenza pratica che bisogna esaminare. In che cosa consiste?

* * *

Sotto quest'unico nome di esigenza pratica si comprendono in realtà due esigenze diverse che debbono essere ben distinte benché si confondano solitamente in una. Chiamo l'una esigenza giustificativa, l'altra esigenza esecutiva.

L'esigenza giustificativa è soddisfatta quando il fine, a cui è ordinata la norma, sia giudicato da tutti come il fine superiore per tutti a ogni altro fine, cioè tale che ciascuno debba riconoscere giusto per sé e per gli altri che sia anteposto a ogni altro; e quindi giusto che sia seguita la condotta corrispondente.

L'esigenza esecutiva è soddisfatta quando il motivo o i motivi, che inducono all'osservanza effettiva della norma, sono di tale natura ed efficacia da legittimare la presunzione che in ciascuno e in qualsivoglia circostanza possano essere anteposti a ogni altro ordine di motivi.

È facile avvertire la possibilità che l'una di queste esigenze sia soddisfatta senza che perciò sia soddisfatta l'altra. Una norma può essere riconosciuta giusta e tuttavia non esser voluta seguire, cosí come può essere seguita senza essere riconosciuta giusta. Donde anche la possibilità – almeno provvisoria – di considerarle a parte e distintamente.

Dimostrare, esaminando la natura della esigenza esecutiva in genere, e la forma speciale che assume nell'etica, la legittimità di distinguere le due esigenze e i problemi che rispettivamente le riguardano, è lo scopo di questo capitolo.

* * *

L'esigenza esecutiva, come si vedrà piú innanzi, storicamente e sociologicamente precede l'altra; e la necessità di soddisfare ad essa si fa sentire prima che la necessità di soddisfare alla seconda. Ma io suppongo per ora che l'esigenza giustificativa sia soddisfatta e fuori di discussione, per esaminare da un punto di vista logico l'esigenza esecutiva senza preconcetti e preoccupazioni estranee.

Suppongo dunque possibile, anzi già data, nel seno di una società, la determinazione di un fine umano – poniamo la conservazione di un certo ordine sociale – tale, che tutti i membri della società debbano ragionevolmente riconoscere come il fine superiore per tutti a ogni altro fine; e suppongo che sia pure determinata la norma universale di

4

condotta richiesta da quel fine; la quale sia perciò riconosciuta come la norma giusta per tutti.

È subito chiaro che in un caso soltanto questa condizione basterà a far riconoscere soddisfatta anche l'esigenza esecutiva: nel caso che tutti i componenti della società supposta siano uomini perfettamente giusti; che è quanto dire nel caso in cui il riconoscere la giustizia di un'azione basti (non importa per effetto di quali disposizioni psicologiche) a farla volere; o, in termini equivalenti, che l'aspirazione a quel fine costituisca sempre e per tutti il motivo piú forte.

Ma è del pari evidente che in questo caso si assume come dato di fatto qualchecosa che non è necessariamente contenuto nell'ipotesi. Si assume che il fine imparzialmente riconosciuto come preferibile a ogni altro sia il fine effettivamente preferito da ciascuno; ossia che il motivo impersonale della giustizia vinca realmente sempre ogni altro motivo. Ora la legittimità di questa assunzione, come di qualunque altra della stessa natura, non può essere dimostrata che dalla osservazione della realtà psicologica, alla quale sola spetta confermarla o smentirla. Sia che l'osservanza dipenda da un motivo proprio e diretto, intrinseco al valore del fine e della norma, sia che dipenda da motivi indiretti ed estrinseci, o dagli uni e dagli altri insieme, sempre rimane incontestato che l'esistenza e l'efficacia di un motivo di qualunque natura è questione psicologica, non tesi di morale o di diritto.

L'indagine psicologica potrà ricercare quali siano, di che natura e forza i motivi diretti e indiretti, e potrà determinare di ciascuno, le condizioni e i fattori. Potrà anche in tal modo offrire i dati onde si valga a un'arte educativa che si proponga di conservare o di formare una disposizione psicologica siffatta. Ma questa indagine psicologica, quest'opera educativa, posto che siano possibili, rimangono al di fuori della norma e della sua giustificazione, appunto perché hanno un oggetto di-verso e sono ispirate da un'esigenza diversa.

La norma dice: Il fine è questo che io pongo; l'uomo è giusto quando vuole questo fine, e quindi opera Cosí come io vengo dettando. L'indagine psicologica soggiunge: Perché un uomo voglia ed operi il giusto bisogna che le sue idee, i sentimenti, i motivi siano tali e tali.

Ma fare che queste idee e sentimenti e motivi ci siano e siano efficaci, farli sorgere dove manchino, o fortificarli, è, in quanto sia possibile, oggetto di azione educativa, non di dimostrazione teorica; è formazione, non informazione; è problema pedagogico o politico, non problema di scienza morale. Al modo stesso e per la ragione medesima che non è un problema di logica far che gli azzeccagarbugli rinuncino ai sofismi, o un problema di igiene l'abituare alla temperanza, o un problema di enologia obbligare a ber vino un astemio.

Posto ciò, se ammettiamo che l'indagine psicologica o storica dimostri essere necessario un certo sistema di credenze metafisiche a dare o mantenere la disposizione psicologica richiesta, quale conseguenza si dovrebbe trarre da questa constatazione?

Questa: che un tale rapporto sarà un dato offerto alla pedagogia morale, la quale dovrà accettarlo e tenerne conto per il compito suo. Ossia l'arte educativa dovrà, se vuole quella disposizione, accettare il sistema di credenze da cui essa dipende, collegando con quelle credenze la norma. E perciò dal punto di vista pedagogico la motivazione della norma dovrà essere ricavata da quelle credenze metafisiche; il che viene a dire che o la norma direttamente, o quel fine umano che nell'ipotesi la giustifica e da cui è realmente dedotta, dovrà essere presentato come una derivazione, un corollario del contenuto stesso di quelle credenze.

In tal caso noi avremmo una costruzione su base metafisica la quale obiettivamente e logicamente sussiste al di fuori e al disopra della costruzione normativa etica, soggettivamente o psicologicamente la sorregge, innestandola sui fattori interni da cui la disposizione volontaria dipende; una costruzione, che, riflettendo la reale causazione psichica della moralità, appare una condizione indispensabile della formazione educativa morale. Ma rimangono tuttavia (quali si siano le difficoltà che ne possano nascere) veri e fuori di contestazione questi punti:

1° Questa costruzione metafisica dell'etica non dà essa, nell'ipotesi, la giustificazione della norma, ma fornisce al fine e alla norma una certa motivazione che è bensí necessaria all'osservanza, ma non è necessaria a far riconoscere la giustizia di questa osservanza, ed è estranea alla motivazione propria e pura della giustizia. Perché essa riversa, per Cosí dire, sulla norma etica la forza di impulso di certe credenze, sfrutta a beneficio del fine umano certi sentimenti, il cui oggetto è al di là di questo fine.

2° Questa costruzione metafisica è – nell'ipotesi – necessaria, in quanto si riconosce necessario a muovere all'osservanza delle norme il sistema di credenze assunto da lei; e tale necessità è relativa alla esistenza di questa condizione: che il motivo proprio e diretto, cioè il desiderio del fine non sia per sé efficace.

3° Questa costruzione metafisica non pone essa le credenze, ma le suppone, e al piú le interpreta e sistematizza. Il suo valore come motivazione dipende dal valore reale che le credenze hanno nella coscienza, dalla loro forza motrice. Essa ne addita la sorgente, ma non dà, essa, la forza. E se mancasse la fede nei dati assunti da lei, una costruzione metafisica qualsiasi avrebbe sulla condotta una efficacia non diversa né maggiore di qualsivoglia fantasia mitologica.

* * *

Se le cose dette sono vere, bisogna riconoscere la legittimità della conclusione seguente:

La ricerca e l'analisi psicologica dei fattori da cui dipende l'osservanza della norma morale, come la dottrina pedagogica dell'educazione morale, sono una cosa diversa e distinta dalla costruzione normativa morale; come la spiegazione psicologica dei motivi da cui può dipendere, poniamo, l'osservanza delle pratiche di un culto è cosa affatto diversa dalla giustificazione teologica e dalla derivazione logica di quelle. Quindi quella costruzione metafisica, come qualsivoglia altra costruzione teorica – metafisica o no – ispirata dalla esigenza esecutiva e dalla preoccupazione pedagogica, non toglie nulla alla giustificazione della norma né alla legittimità della sua deduzione, dato – come nell'ipotesi – che l'una e l'altra siano raggiunte.

Similmente se, uscendo dall'ipotesi, supponiamo che il fine e la norma siano ancora da determinare, questa ricerca e determinazione teorica non solo potrà, ma dovrà essere istituita e compiuta, all'infuori di ogni preoccupazione sulla esistenza e sulla efficacia dei motivi atti a darne l'osservanza. Al modo stesso, poniamo, col quale ammettendo che il valore della salute come fine sia riconosciuto, l'igiene determina le norme della condotta fondandosi sulle relazioni oggettive trovate o da trovarsi tra un ordine di operazioni e un ordine di effetti, senza preoccuparsi di cercare se i motivi pei quali gli uomini possono essere indotti a cercare la salute siano di una o di altra specie, deboli o forti, elevati o bassi; né di indagare quali siano i mezzi atti a persuadere o a costringere l'os-servanza delle sue norme. L'igienista come tale è scienziato, non apostolo, né uomo di stato, né ca-rabiniere. Egli suppone senza piú che esista un desiderio specifico della salute efficace a farne os-servare i precetti.

Tale e non altra deve essere la posizione del moralista finché si tratta di cercare quale possa essere il fine che soddisfa a determinate condizioni, e di stabilire le norme di condotta da quel fine richieste. Egli deve supporre che esista il motivo adeguato a indurre l'osservanza in questione; deve cioè nel caso suo supporre date le condizioni richieste dall'esigenza esecutiva; e può farlo, assumendo un postulato che le abbraccia tutte nella forma piú generale e comprensiva, mentre lascia impregiudicato ogni problema che le riguarda; questo: che ciò che è riconosciuto come giusto sia voluto sopra ogni cosa costantemente e universalmente.

Tanto piú legittimamente può farlo in quanto che qualsivoglia costruzione teorica – metafisica o non metafisica – non può far altro che assumere ciò che l'esigenza esecutiva richiede ad essere soddisfatta, o come dato di fatto o come postulato. Poiché insomma si tratta di vedere se e in quali condizioni sussiste e può esplicarsi una certa quantità – per quanto non determinata o non determinabile – di energia psichica. E la costruzione ispirata dalla esigenza esecutiva non fa altro ap-punto che appropriarsi quel tanto di energia psichica, se è data e nella misura in cui è data nelle credenze; ed è una vanissima illusione il credere che sia la costruzione stessa che dà o che fonda un motivo di qualsiasi specie. L'attribuire a una costruzione dottrinale, sia metafisica, sia scientifica, il compito di far volere un fine, che non sia già, per sé o per qualche suo effetto, voluto, o di rendere esecutorio un precetto, è qualche cosa di non meno assurdo che pretendere dalla meccanica che generi un movimento, o rimproverare alla chimica di non essere alchimia.

La legittimità della distinzione affermata è, in tesi astratta e generale, Cosí evidente che può esser parsa eccessiva l'insistenza nel dimostrarla; ma questa insistenza era nel caso nostro necessaria, perché appunto nella morale questa separazione non è chiara, e sono confusi insieme due ordini di problemi che debbono essere distinti.


2.


Il processo al quale si riferiscono e sul quale si fondano le considerazioni fatte fin qui, è il processo logico o teorico di una trattazione etica iniziata e condotta dal pensiero riflesso come ex novo e, come si dice, a caso vergine. Assumendo l'ipotesi che fosse giustificata e determinata la norma morale all'infuori di ogni preoccupazione della sua osservanza, si è implicitamente supposto che il procedimento da seguire sia questo: 1° Porre il fine; 2° Determinare la norma richiesta da questo fine; 3° Determinare in base ai dati psicologici quali siano i fattori soggettivi richiesti dall'osservanza della norma.

Ma se questo è il procedimento logico, il procedimento reale storico è l'inverso; e in questo procedimento inverso, realmente seguito nella posizione e nella tentata soluzione dei problemi morali, sta (come si vedrà anche meglio nel capo seguente) la ragione della loro insolubilità.


* * *


Prima che sorgano dei problemi di morale si trova già formata e in atto una certa moralità; prima che in una società si inizi una speculazione morale qualsiasi, si trova già modellata nel suo seno una forma di condotta, che risponde nelle sue linee essenziali alle condizioni di esistenza di essa società.

Rilevare quella precedenza e questa rispondenza è rilevare che l'esigenza la quale deve essere soddisfatta prima e che prima si impone è quella che abbiamo detto esecutiva.

E perciò, se avviene che l'osservanza di quella forma di condotta si fondi sulla coscienza di un obbligo, e l'obbligo appaia il solo motivo universalmente valido di tale osservanza, la necessità che il precetto morale sia sentito universalmente come obbligatorio dovrà precedere nella realtà e nel giudizio la necessità che sia riconosciuto universalmente come giusto.

Ora è un luogo comune dell'etica l'osservazione che i precetti Cosí detti negativi (di ciò che si deve non fare) sono piú antichi dei positivi (di ciò che si deve fare) e piú specificatamente formulati; e la coscienza dell'obbligo che si accompagna ai primi è piú generale, piú sicura e piú viva della coscienza dell'obbligo che si accompagna ai secondi. Questa constatazione è la riprova della pre-cedenza affermata.


8

Il carattere distintivo, col quale primamente si presenta alla riflessione il precetto morale e che si impone come essenziale, non è quello di universale giustizia, ma di universale obbligazione. Morale è ciò che è obbligatorio. Sul contenuto materiale dell'obbligo non cade di solito discussione; tacitamente si accetta nelle linee essenziali ciò che vale come tale nel seno della società. Ed è da questa accettazione tacita della norma in effetto vigente o richiesta come norma morale, che nasce quella preoccupazione, che è il «peccato originale» della speculazione etica in genere.

Ciò che importa è la validità dell'obbligo; la quale è data dalla credenza nella validità obiettiva dei dati che lo pongono. Cosí la dottrina morale non ha per suo primo e proprio oggetto la ricerca del fine, né la determinazione delle norme (le quali sono già date e accettate), ma la derivazione delle norme dalle credenze sulle quali la coscienza dell'obbligo si fonda; ossia il fondamento dell'obbligo. E quando appare un'esigenza della moralità non solo che la norma sia osservata, ma che sia riconosciuta giusta, l'affacciarsi di questa esigenza non fa porre il problema nella forma in cui dovrebbe logicamente essere posto, ma nella forma suggerita da una preoccupazione dello stesso genere di quella che ispira il problema precedente. Allo stesso modo che si assume come assolutamente obbligatorio ciò che vale come tale nella società a cui si guarda, si assume che debba valere come giusto ciò che ha già valore obbligatorio.

Di qui derivano due conseguenze di importanza, a mio giudizio, capitale: 1° Che il modo di porre il problema della giustificazione è l'inverso di quel che logicamente dovrebbe essere; in quanto si accetta bella e data una norma, e si ricerca quale fine la possa far riconoscere giusta. (E di ciò si tratterà piú innanzi – v. Cap. II). – 2° Che si viene a cadere inevitabilmente nella tendenza di con-siderare i due problemi come un problema unico, identificando – obiettivamente – il principio della giustificazione col fondamento dell'obbligo, – soggettivamente – il riconoscimento della giustizia colla coscienza della obbligazione.

* * *

Questo bisogno di identificare il giusto coll'obbligatorio, e il fine che giustifica la norma col fondamento dell'obbligo, persiste anche quando l'indagine morale si volge a ricercare ciò che debba valere razionalmente come giusto, cioè anche quando si propone di far astrazione dal contenuto concreto della norma che in determinate circostanze di luogo e di tempo vale come obbligatoria. E perché persiste?

Il riconoscere giusta una norma, per la relazione che lega la giustizia di essa con un fine, e il fine con una forma di tendenza, di bisogno, di desiderio, non è soltanto, come ognun sa, riconoscere la dipendenza del fine dalla condotta additata nella norma, ma è desiderare (qualunque sia la natura e la forza del desiderio) il fine; è un volere, per

9

quanto ciò possa avvenire in forma iniziale e debole, quel fine; e quindi, dato che il fine sia comune, è un volere l'osservanza universale di quella norma.

Posto ciò, dal riconoscimento della giustizia deve sorgere, se è data nella realtà una certa condizione, l'idea della necessità che l'obbligo vi sia, e quindi un desiderio, un conato di porre l'obbligo, un volere ciò da cui la forza dell'obbligo dipende. E la condizione di cui si parla è questa: che apparisca la normale possibilità della non osservanza, ossia della violazione. Dove non si vede possibilità di trasgressione, non si può vedere la necessità dell'obbligo; ma se questa condizione c'è, e se la trasgressione appare non solo possibile, ma naturale, allora il desiderio che l'osservanza sia u-niversale diventa il desiderio che ci sia l'obbligo e ci sia il potere obbligante.

Allora dal riconoscimento della giustizia balza fuori uno stato di spirito che non è la coscienza dell'obbligo, ma l'approvazione dell'obbligo se c'è; il riconoscer giusto che l'obbligo ci sia, il desiderio di essere obbligati; la volontà dell'obbligo.

In questo volere che ci sia un obbligo universalmente valido, sta la caratteristica, l'elemento veramente intimo di quella coscienza del dovere, che accompagna il riconoscimento del giusto anche quando si afferma in aperta antitesi colle sanzioni, e colle opinioni e i sentimenti dominanti .

* * *

Ora quella condizione nella quale dalla coscienza della giustizia sorge e si impone questa esigenza interiore dell'obbligo, è reale e di evidenza comune, e data nella esperienza costante individuale e collettiva.

Perciò anche quando si tenta di istituire una determinazione puramente razionale della norma giusta, si fa bensí astrazione dalle varie forme di obbligazione e di sanzioni, colle quali si presenta nelle diverse formazioni storiche la giustizia (allo stesso modo che si fa, fino a certi limiti, astrazione dal contenuto mutabile materiale e concreto della norma), ma non si fa astrazione né dalla obbligazione né dalla sanzione in genere, perché urge e preoccupa la coscienza la possibilità della trasgressione che trascina con sé l'esigenza dell'obbligo. Anzi due cause concorrono a rendere piú grave e piú acuta questa preoccupazione.

La prima è dovuta all'antitesi che, non importa cercare per quali influssi, si è stabilita nella tradizione morale piú comune, tra condotta naturalmente o spontaneamente seguita, e condotta buona; per la quale opposizione si tende a considerare come naturale piuttosto l'inosservanza che l'osservanza della giustizia.- La seconda causa, pure di ovvia constatazione, che coopera al medesimo effetto, è la seguente. Se si considera la moralità media di un dato tempo e luogo (come anche se si considera la moralità di un individuo) è facile distinguere in essa due parti: Una, che si potrebbe chiamare moralità formata, comprende quella parte della condotta alla quale corrisponde una disposizione psicologica divenuta (non importa cercare in che modo) spontanea e naturalmente efficace; per la quale quindi il momento del contrasto interno tra i motivi e dello sforzo si abbrevia e si oscura e tende a sparire dal campo della coscienza secondo la notissima legge psicologica dell'operare abituale. L'altra, che si potrebbe chiamare moralità in formazione, comprende quella parte di condotta che richiede uno sforzo, una lotta interiore, e in cui perciò il momento della deliberazione volontaria ha nella coscienza maggior durata e chiarezza.

Ora è soprattutto questa seconda parte, e se ne capisce agevolmente la ragione, quella su cui si esercita piú frequentemente e comunemente il giudizio morale, quella a cui si pensa quando si biasima o si deplora il difetto di coscienza morale . Ma è anche appunto per questa parte della condotta che si presenta piú vivo ed ha un influsso piú manifestamente efficace il sentimento dell'obbligazione.

E ciò fa nascere l'idea che, mancando l'obbligo, l'inosservanza sia non soltanto possibile, ma probabile; anzi tende quasi a far sorgere la persuasione che senza l'obbligo l'osservanza sia impossibile.

Per queste ragioni che rinforzano la prima e piú generale, la possibilità o piuttosto la naturalità della trasgressione – che, attraverso l'evoluzione storica della moralità, perdura nel mutare delle forme speciali di sanzione e del contenuto materiale dei precetti – è assunta come costante e inevitabile, come un portato necessario della natura umana, anche nelle costruzioni razionali che fanno piú o meno compiutamente astrazione dall'accidentale e dal mutabile.

E quell'esigenza interiore dell'obbligo è perciò considerata come la manifestazione essenziale e caratteristica della volontà giusta, ossia del consentimento razionale della volontà alla norma morale.

* * *

Da ciò nasce una conseguenza che si palesa nella pratica e si riflette sul metodo della speculazione etica.

La conseguenza è questa.

L'esigenza interiore dell'obbligo, che è il prodotto di una coscienza morale già matura, trova al suo sorgere già date le credenze religiose o metafisiche atte ad appagarla, trova già data la credenza in una obbligazione assoluta e nei dati metafisici che danno a questa obbligazione un fondamento oggettivo reale, al di fuori e al di sopra dell'uomo e della naturalità umana; la quale obbligazione, appunto perché assoluta, cioè incondizionata, soddisfa a quell'esigenza nel modo piú compiuto, in modo, direi,

11

eminente. E come è assoluta, cioè fuori di un ordine fenomenico necessario, cosí vale via via anche per il contenuto nuovo che la coscienza piú matura venga sostituendo all'antico. Dal che si vede che, anche quando alle credenze metafisiche venga meno il fondamento teoretico, persiste una tendenza invincibile ad affermare e porre obiettivamente il contenuto loro, posto che l'esigenza interiore dell'obbligo non si acquieti che nella obbligazione assoluta. Che cosa importi ciò, è facile intendere, quando si pensi che le tendenze, i desiderî, la volontà, o, come si direbbe in termini fisiologici, gli elementi motori, sono, come ognun sa, il nocciolo e l'anima di ogni credenza.

Questo effetto ha, come ho detto, il suo riflesso teorico nel metodo seguito dalla speculazione etica anche nei tentativi di costruzione razionale. Il fatto di questo conato interiore dell'obbligo che si accompagna costantemente col riconoscimento del giusto, e per il quale si approva l'obbligazione se c'è, e, se manca, si desidera o si vorrebbe che ci fosse, induce ad ammettere che il motivo morale proprio e specifico, il motivo caratteristico della giustizia sia l'obbligazione; e quindi ad ammettere che una norma giusta debba essere per sua natura obbligatoria.

Ora qui si nasconde, a mio giudizio, un doppio equivoco. Il primo consiste nell'ammettere che se non l'obbligo in atto, quell'esigenza interiore dell'obbligo si accompagni col riconoscimento della giustizia incondizionatamente, tanto che l'uno non possa stare senza l'altro; mentre questa solidarietà è condizionata. Perché, come s'è detto, essa dipende da una constatazione di fatto, interpretata come una necessità; dalla constatazione di una naturale disposizione all'inosservanza del giusto, senza la quale l'esigenza dell'obbligo non sorgerebbe.

Il secondo, per un certo rispetto conseguenza del primo, sta nell'assumere quell'esigenza interiore dell'obbligo, che, data la condizione suesposta, è la sintesi delle due esigenze giustificativa ed esecutiva, come equivalente ora al puro riconoscimento della giustizia, ora al semplice riconoscimento dell'obbligo; onde nasce l'illusione di poter ricavare o la giustizia dall'obbligo, o l'obbligo dalla giustizia, che è caratteristica dei sistemi metafisici piú coerenti. La chiarezza esige una analisi meno sommaria.

* * *

L'identificazione del giusto coll'obbligatorio può essere razionalmente tentata per due vie: oggettiva, ricavando il principio della giustificazione dal fondamento dell'obbligazione, o inversamente: soggettiva, ricavando il riconoscimento della giustizia dalla coscienza dell'obbligo; o questa da quello. Ma tanto nell'uno quanto nell'altro nodo l'identificazione non è dimostrata, ma soltanto affermata; perché si risolve, oggettivamente, in una giustapposizione, soggettivamente nell'assunzione aperta o surrettizia del termine ricavato nel concetto di quello dal quale si pretende ricavarlo; o meglio nella sostituzione a questo di un dato, che li comprende tutti e due.

* * *

Cominciamo dalla unificazione obiettiva: Il fondamento dell'obbligazione è, d'accordo, anzi per ispirazione della credenza, posto in un Potere sommo che impone agli uomini la norma assunta come morale. Quello stesso Potere sommo, in quanto è concepito come Somma Intelligenza e Somma Bontà, è il principio della giustificazione. La norma obbliga perché è voluta da un Potere irresistibile; la norma è giusta perché è stabilita da una somma Sapienza che è ad un tempo somma Bontà. Da Dio viene l'obbligo, e da Dio viene la giustificazione della norma, cioè la bontà del fine umano, al quale la norma appare nell'ordine fenomenico ispirata.

In questa soluzione, che io ho esposto nella forma piú semplice, l'esistenza di Dio fornisce ad un tempo la giustificazione ultima della norma e il fondamento dell'obbligo; ma non è difficile vedere che alle due esigenze corrispondono due principî, unificati bensí, per la credenza, in un medesimo Ente, ma che rimangono tuttavia, malgrado ogni sforzo dialettico, distinti, e portano con sé attraverso alle elaborazioni piú complesse la traccia delle due esigenze diverse a cui soddisfano . Non si può ricavare dalla Volontà Onnipotente il principio della giustificazione senza postulare che la Volontà Onnipotente è nello stesso tempo Somma Bontà; né inversamente ricavare dalla Somma Bontà il fondamento dell'obbligo senza postulare che la Somma Bontà è nello stesso tempo Volontà Onnipotente.

Basta richiamare la storia della speculazione teologico-morale per averne la riprova. La discussione se il giusto sia tale perché voluto da Dio, o sia voluto da Dio perché è giusto, ossia se il fondamento della morale sia riposto in Dio in quanto è Bene, o in quanto è Volontà, mostra in ultimo che nessuno dei due principi può ricavarsi dall'altro, mentre attesta nello stesso tempo lo sforzo sempre ricorrente della identificazione.

* * *

E veniamo alla unificazione dal punto di vista subbiettivo. Anche qui la riduzione può essere cercata in due modi, l'uno inverso all'altro.

Il primo ricava la giustizia dall'obbligo: «Sentirci obbligati vuol dire riconoscere giusto ciò a cui ci sentiamo obbligati».

13

Ora la giustizia non è data nell'obbligo, ma nell'approvazione razionale dell'obbligo; nel fatto che troviamo giusto che l'obbligo ci sia, cioè vorremmo che ci fosse, anche se mancasse in realtà. Quindi ciò da cui si ricava il riconoscimento della giustizia non è l'obbligo che c'è, ma l'obbligo che ci deve essere, l'obbligo che la coscienza vuole che ci sia; ossia è l'esigenza interna dell'obbligo.

Ma questa, come s'è detto, non riflette in sé soltanto l'esigenza che la norma sia obbligatoria, ma altresí l'esigenza che la norma sia giusta, e non sussisterebbe nella forma caratteristica che implica la giustizia, se non si postulasse già questo per l'appunto: che una norma per essere veramente cioè internamente obbligatoria deve anche essere giusta. Ma ciò vuol dire che si distingue un'obbligazione giusta da un'obbligazione che può non essere giusta; e quindi che dal dato dell'obbligazione per sé non si può ricavare la giustizia.

Rimane la derivazione inversa. Il precetto morale è obbligatorio perché è giusto: «Riconoscere giusta una norma importa sentirsi obbligati ad osservarla».

Ma ciò che quel riconoscimento dà, è, come s'è visto, il desiderio che la norma sia osservata, e quindi è l'approvazione dell'obbligo se e perché l'obbligo è concepito come una condizione necessaria di quell'osservanza; non è l'approvazione dell'obbligo come tale, perché obbligo; e tanto meno è la coscienza stessa dell'obbligazione effettiva. È la ragione, direi, che approva il tono imperativo della coscienza, perché nella voce che comanda sente o crede di sentire ciò che ha riconosciuto o viene riconoscendo come giusto; e quel tono imperativo è attribuito alla giustizia, perché è la voluta osservanza della giustizia che ne fa sorgere l'invocazione. Ma in primo luogo questa invocazione esprime bensí un bisogno, o un conato, ma non è perciò l'oggetto del bisogno, come il desiderio non è la creazione o la posizione in atto di ciò che si desidera. In secondo luogo vale qui la considerazione fatta nel caso precedente, ma nel senso inverso. Quella stessa esigenza dell'obbligo non esprime soltanto il riconoscimento della giustizia ma esprime la volontà dell'osservanza. Onde l'obbligatorietà effettiva della norma è in realtà ricavata dalla esigenza che la norma sia obbligatoria. Ma con ciò si ammette la possibilità di riconoscere come giusta una norma anche se non è in effetto obbligatoria, ossia si ammette che dal riconoscimento della giustizia non si può ricavare l'obbligazione.

* * *

Concludendo, sia che muova da dati oggettivi, sia che muova da dati soggettivi, il procedimento per il quale si cerca di identificare il giusto coll'obbligatorio, soddisfacendo in una a due esigenze diverse, nel fatto non riesce che ad una soluzione puramente verbale. Ciò che fa essere o riconoscere una norma giusta rimane, malgrado ogni sforzo, qualcosa di diverso da ciò che fa essere o riconoscere una norma obbligatoria.

E tuttavia persiste la tendenza invincibile a identificare, sia la «ratio essendi» sia la «ratio cognoscendi» del giusto e dell'obbligo; la quale nasce da ciò che il giusto appare alla coscienza come qualche cosa che deve essere obbligatorio.

3.

Ed ora bisogna esaminare questa esigenza, in forza della quale i due termini pur non potendo esser ridotti l'uno all'altro, si affermano inscindibili.

Importa richiamare in breve come sorga, e in che modo avvenga che essa sia concepita come caratteristica della norma giusta. L'esigenza interna che la norma obblighi si lega col carattere riconosciuto di giustizia, in forza di una condizione: l'esistenza (data nella esperienza generale e comune) di motivi che ne impediscono limitano o contrastano l'osservanza. E questa condizione di fatto, per le ragioni già dette, è considerata come naturale e inevitabile, come insita necessariamente nella natura umana. Ma quando la derivazione di un fatto da un altro dipende da una condizione che è data o si pensa sia data costantemente e invariabilmente, avviene che questa condizione, sempre presente, è taciuta e come sottintesa; e la derivazione di quel fatto da un altro è presa come costante e necessaria incondizionatamente; come dipendente unicamente da quest'ultimo, mentre è determinata da questo sotto una determinata condizione.

Ciò vale per i fatti soggettivi come per gli oggettivi; e cosí avviene nel caso nostro che quell'esigenza dell'obbligo, la quale sorge internamente dal riconoscere una norma come giusta, se è data una certa condizione (l'esistenza di motivi antagonisti), viene ad essere considerata e pensata come intrinseca alla giustizia, come connessa coll'idea e col sentimento del giusto incondizionatamente.

Adunque quando si assume questa esigenza come un dato incoercibile dell'idea stessa di norma giusta, si è fatto o si fa un doppio passaggio: dall'esistenza di fatto di una condizione si passa alla costanza necessaria; ammessa questa costanza necessaria, la dipendenza del rapporto da questa condizione è dimenticata, e si considera il rapporto come intrinsecamente indissolubile.

Ma questo doppio trapasso, se è dal punto di vista psicologico naturale, non è dal punto di vista logico legittimo.

* * *

Quanto al primo, dire che quella condizione è necessaria equivale a riconoscere l'impossibilità di una condotta giusta, quando manchi l'obbligazione. Senonché per quanto le osservazioni sopra esposte sembrino confortare questa conclusione, due considerazioni rendono legittimo il dubbio. Anzitutto è possibile che la norma riconosciuta come giusta contempli e accetti (dico anche nelle costruzioni razionali) condizioni contrarie alla giustizia, come si vedrà piú innanzi; e quindi la condotta prescritta da lei sia giusta solo parzialmente (parzialità relativa a limitazioni di casta, di classe, di razza nell'ordine della vita sociale; a limitazioni di specie e gradi di attività nella vita individuale). E allora resterebbe da vedere se e fino a qual segno, dal punto di vista naturale e umano, lo sforzo penoso che essa richiede sia l'indice di tendenze inconciliabilmente avverse alla giustizia, e fino a quale invece sia dovuto all'esistenza di bisogni, di tendenze, di aspirazioni, che non sono necessariamente opposti alla giustizia, benché siano in tutto o in parte in contrasto colla norma accettata per giusta.

In secondo luogo il dualismo tra tendenze favorevoli e tendenze avverse alla giustizia non può essere ammesso come necessario senza ammettere o la radicale immutabilità dell'uomo e della psiche umana, o almeno un limite, oltre il quale il dualismo non può essere superato. Ma l'esistenza di un tal limite non può essere stabilita né induttivamente né deduttivamente. Le diverse formazioni psichiche, che la storia e la sociologia descrittiva ci danno nei diversi tempi e luoghi, presentano, quanto al dualismo affermato, differenze cosí ampie e profonde che non è possibile stabilire per induzione, tra le due parti, in cui si pretende dividere la natura umana, nessun limite costante; il limite presentato in un caso non coincide con quello dell'altro; e ciascuno alla sua volta non può essere, come ognun sa, che una media, cioè una approssimazione spesso assai dubbia.

E nemmeno è possibile stabilire un tal limite deduttivamente; perché le leggi conosciute della biologia, della psicologia e della sociologia, non danno se non la necessità generica, per l'esistenza dell'individuo e della società, di certe correlazioni fondamentali tra le funzioni biologiche e psichiche e l'ambiente, inorganico, organico e storico; e quindi per il caso nostro, tra le formazioni psichiche e le altre condizioni di esistenza individuale e sociale.

Ma questo rapporto di interdipendenza non autorizza nessuna conclusione intorno alla necessità di quel limite. Se qualchecosa se ne può argomentare, è piuttosto l'affermazione contraria di una tendenza all'attenuarsi progressivo del conflitto tra le condizioni di esistenza interne e le esterne, e quindi anche tra gli stati psichici opposti. Ma questa questione non ha per lo scopo del presente capitolo che una importanza secondaria.

Anche se si ammettesse la necessità di considerare quel dualismo come inevitabile, non è ancora legittimo, ed è ciò su cui importa insistere, il secondo passaggio; quello che si fa quando si concepisce l'esigenza dell'obbligo come connesso colla giustizia incondizionatamente, come «essenziale» alla giustizia.

* * *

L'analisi fatta sopra dei procedimenti seguiti nei tentativi di identificazione tra i due termini, mi dispensa da un ragionamento che riuscirebbe in sostanza una ripetizione. L'esigenza dell'obbligo esprime in ultimo il desiderio che la norma giusta sia osservata; è la forma che questo desiderio assume quando si concepisce l'obbligo come necessario all'osservanza. Ora si può bensí, anzi si deve ammettere che il riconoscimento della giustizia non sia soltanto un giudizio logico, uno stato puramente intellettivo, ma anche affettivo e desiderativo, e che quindi riconoscere la giustizia implichi desiderare (con forza maggiore o minore) l'attuarsi di ciò che si riconosce giusto; ma se si fa astrazione dalle disposizioni psicologiche di fatto contrarie alla condotta giusta, il desiderio del giusto non implica piú necessariamente l'esigenza dell'obbligo.

* * *

Ora io penso che questa astrazione non solo si può, ma si deve fare, quando si vuol determinare razionalmente una norma universalmente giusta; dico che non è legittimo porre come carattere necessario della norma giusta l'obbligatorietà; perché, giova ripeterlo, l'esigenza che la norma sia obbligatoria è bensí nell'esperienza comune la caratteristica della giustizia, ma è tale in quanto esprime il desiderio del giusto, non in quanto esprime o constata l'insufficienza di questo desiderio a dare la conformità richiesta, e l'appello ad un motivo incontrastabile che lo sorregga. E però il fare astrazione da tale esigenza non è far astrazione da quel rapporto necessario tra il fine voluto e il soggetto volente, che è implicito nella desiderabilità, senza la quale non c'è fine; ma non è altro in ultimo che far astrazione dagli ostacoli che si oppongono al tradursi in atto di quel desiderio; ossia è supporre che basti, a dare l'osservanza della giustizia, il desiderio stesso della giustizia.

Questa astrazione assume, come tutte le astrazioni, condizioni diverse dalle reali, o meglio suppone una realtà diversa; ma non è contraddittoria né teoricamente impossibile. Anzi, una ricerca che si proponga la determinazione razionale di una norma giusta, deve, per necessità di metodo, eliminare i problemi che riguardano l'attuazione pratica di quella; e il modo piú sicuro di eliminarli è quello appunto di far astrazione dalle condizioni di fatto per le quali sorgono, come si fa per tutte le costruzioni pure.

* * *

17

Cosí l'esame dell'esigenza esecutiva nella forma caratteristica che assume in virtù del processo reale di formazione dell'etica conferma la conclusione, alla quale nella prima parte siamo giunti per via di deduzione fondandoci sulla natura diversa delle due esigenze giustificativa ed esecutiva considerate in astratto.

Giova riassumere i risultati di questo esame. Per la precedenza di una condotta già data sulla riflessione etica, il giusto si identifica coll'obbligatorio; e, come appare fondata nella costituzione stessa della coscienza umana non soltanto la possibilità, ma la naturalità della trasgressione della norma, al riconoscimento della giustizia si accompagna la approvazione interna dell'obbligo che garantisce l'osservanza, o l'esigenza interna che l'obbligo ci sia; onde quella identificazione si insinua e si conserva anche nella riflessione astratta e razionale, come connessione necessaria tra i due ter-mini; e si manifesta nei tentativi varî di derivare l'uno dall'altro; mentre in realtà sono ricavati ri-spettivamente da quell'esigenza interiore dell'obbligo, nella quale vengono assunti ambedue. Ma questa esigenza si accompagna al riconoscimento della giustizia in forza di una condizione (conflitto di motivi nella coscienza) che esiste in fatto, ma di cui non si può dimostrare la necessità insuperabile. Ché se anche si ammettesse questa necessità, la connessione esprimerebbe una necessità di fatto non una necessità logica. Da quella condizione di fatto si può dunque far astrazione; e si può e si deve legittimamente cercare quando e a quali condizioni una norma possa valere come giusta, se-paratamente e prima di proporsi l'altro problema: Quando e a quali condizioni una norma possa va-lere come obbligatoria.

Perché questo secondo problema, benché storicamente preceda, logicamente deve seguire all'altro; per la ragione che l'esigenza interna o l'approvazione dell'obbligo (senza della quale non v'è che la costrizione esterna delle sanzioni) suppone e implica il riconoscimento della giustizia. Bisogna quindi ammettere che il problema: Quale sia la norma giusta, non solo è distinto, ma logicamente precede quell'altro: Come si sia o si diventi giusti.

Adunque ogni preoccupazione e questione intorno alla obbligazione, e alle credenze su cui si fonda, e ai dati obbiettivi postulati da queste credenze, può e deve essere lasciata, finché si rimane nel campo della prima ricerca, al tutto in disparte.

CAPITOLO SECONDO

L'ESIGENZA GIUSTIFICATIVA


SOMMARIO: 1. Due modi di giustificazione. — Il problema della conciliazione tra virtù e felicità. — Le forme fondamentali di soluzioni proposte e la loro insufficienza.

2: Perché il problema riesca insolubile. — Il processo logico e il processo psicologico; la duplicità di fini nelle costruzioni etiche. — Ragioni per le quali dura l'antitesi tra bene sociale e bene individuale anche nelle costruzioni razionali. — Difetto di astrazione.

3. Illegittimità del concetto di condotta buona che ne risulta. — Una norma non può essere universalmente giusta se non formula le esigenze a cui deve soddisfare ad un tempo e l'azione dell'individuo sulla società e l'azione della società sull'individuo. — Conseguente necessità di supporre condizioni ideali corrispondenti. — L'ipotesi di una società perfettamente giusta.

1.

Colla necessità di una certa condotta rispondente alle esigenze della convivenza, si collega la necessità che questa condotta sia tenuta da tutti i membri della società come la condotta buona; e quindi la necessità – quando il lavoro critico della riflessione e dell'analisi cerchi di determinare la ragione di questo giudizio – di trovare una risposta a questa domanda: Perché ciascuno deve riconoscere come giusto per sé e per gli altri di osservare quella condotta, ossia perché deve riconoscere come giusta quella norma?

Sgombriamo subito il terreno da possibili confusioni ed equivoci. È risaputo che il contenuto concreto di ciò che si distingue, volta a volta, come condotta buona o morale muta nello spazio e nel tempo, secondo la struttura e il tipo della società, col mutare delle esigenze che le condizioni esterne e interne vengono via via determinando; ma è del pari risaputo che, qualunque sia il tipo sociale, e qualunque il tipo concreto di condotta da quello richiesto, sempre nel seno di una società è necessario che la condotta dei singoli sia distinta come buona o cattiva secondo che si conforma o non si conforma a certe condizioni; e che tale distinzione valga, nel seno di essa società, universalmente.

Questa universalità è poi intesa in un senso tanto piú largo quanto maggiore è la ampiezza che il concetto di società assume, via via che ritiene come suoi elementi costitutivi soltanto i caratteri che si considerano come necessari e costanti di una società civile in genere. Ma, pur mutando questo grado di generalità, pur mutando il contenuto concreto, quella domanda si presenta sempre sostanzialmente nella stessa forma: Qual è la ragione per la quale tutti debbono riconoscere come giusta quella certa condotta?

La risposta a questa domanda può essere data in due modi diversi. Forse l'analisi potrebbe mostrare tra i due una parentela d'origine; ma anche in tal caso sarebbe qui fuor di luogo, perché non necessaria al nostro argomento.

L'uno consiste nell'assegnare di quel carattere di giustizia una ragione assoluta, ossia nel riconoscere che quella condotta è richiesta da un fine che ha valore per sé, all'infuori e al disopra, non solo della vita finita dell'uomo e della società umana, ma di ogni interesse umano presente o avvenire, di ogni aspirazione che abbia per suo proprio oggetto un appagamento qualsivoglia della coscienza di alcuni o di molti o di tutti gli uomini. È superfluo osservare (senza discuterne qui la possibilità) che una ragione di questo genere deve di necessità fondarsi su dati metafisici; solo aggiungiamo, per scrupolo di chiarezza, tre avvertenze: 1° Che, se si riconosce che una norma morale

19

deve avere valore assoluto nel senso proprio cioè metafisico della parola, si pone già con ciò fuori di discussione la tesi dell'impossibilità di una dottrina morale fuori della metafisica. 2° Che il problema metafisico sul valore in sé del fine morale, come altri problemi metafisici, rimane, comunque se ne apprezzi l'importanza, anche se del valore della norma si assegna una ragione diversa. 3° Che anche riconoscendo possibile e necessaria questa giustificazione assoluta, perché dal fine assoluto si possa ricavare una guida per la condotta umana, è necessario che esso, sia assunto immediatamente o mediatamente come fine che l'uomo può o deve proporsi; cioè che gli si riconosca un valore anche rispetto alla coscienza umana. E ciò viene a dire che non si può fare a meno di rispondere a quella domanda anche in un altro modo.

Questo secondo modo consiste nell'assegnare dello stesso carattere di giustizia una ragione relativa alla coscienza umana o, più chiaramente, a un interesse umano; per quanto alto e superiore a ogni altro. E in questo caso, perché ciascuno riconosca giusta e per sé e per gli altri l'osservanza di una norma come suprema, è necessario che nella coscienza di ciascuno essa appaia ordinata direttamente o indirettamente a un fine, che abbia, per tutti quelli che la debbono accettare, valore superiore a ogni altro fine. Ora, per il rapporto notissimo che stringe l'idea di fine a quella di bisogno, di desiderio, di aspirazione, il fine che può valere per tutti come superiore a ogni altro deve essere concepito come un fine in cui ciascuno riconosca il carattere della massima desiderabilità per tutti; ossia un fine in cui tutti ripongano o la felicità, possibile a raggiungersi da tutti quelli che osservano la norma, o la condizione necessaria, e possibile per tutti, della felicità.

La giustificazione, così intesa, consiste adunque in ultimo nel mostrare che ciascuno ragionevolmente deve riconoscere giusta per sé e per gli altri la condotta posta come morale, perché da questa condotta dipende direttamente o indirettamente la felicità, o dipendono le condizioni nelle quali si concepisce come possibile la felicità.

È perciò che nella storia dell'etica ha tanta importanza il problema della conciliazione tra felicità e virtù; perché questa conciliazione (malgrado la diversità del contenuto concreto, che si fa corrispondere rispettivamente ai concetti di virtù e di felicità) rappresenta in forma tipica la seconda maniera di giustificazione della norma morale: quella che assegna come ragione un interesse umano. Ora noi dobbiamo restringere il problema a questa parte; perché quando si afferma che la costruzione metafisica è richiesta dalla esigenza giustificativa, si viene a dire che essa è necessaria a mostrare perché ciascuno debba ragionevolmente riconoscere quella norma come giusta. Perciò si tratta di vedere se e a quali condizioni sia possibile una soluzione di questo problema senza ricorrere anche in questo caso a dati forniti dalla metafisica.

* * *

Le soluzioni tentate all'infuori della metafisica si possono ricondurre a tre tipi: riduzione della felicità a virtù; riduzione della virtù a felicità; riduzione della virtù a mezzo o condizione della fe-licità; e sempre nel campo della vita presente finita. Ma nessuna delle soluzioni riesce esauriente; perché tutte hanno comune un medesimo difetto fondamentale, del quale si vedrà piú innanzi la ragione; ed è questo: che ciascuna richiederebbe, per esser valida, la realtà effettiva di condizioni, che non sono poste, ma soltanto supposte, e che contrastano piú o meno largamente colle condizioni reali – oggettive e soggettive – che la vita della società e dei singoli presenta.

Ora se si riconosce che questa antitesi tra le condizioni reali e le condizioni richieste dalla possibilità di una conciliazione, è, nei limiti dell'esistenza umana naturale e finita, necessaria e inevitabile, si riconosce che, o bisogna rinunziare alla conciliazione, o bisogna cercarla al di là di quei limiti, accordando in modo soprannaturale i termini, che si giudicano in modo naturale inconciliabili; ossia bisogna far appello alla metafisica. Vediamo in breve la prima tesi.

Qualche lettore avrà probabilmente pensato prima ancora di giungere fin qui: «Ciò che si dice intorno alla esigenza di una conciliazione finale tra virtù e felicità, potrà valere finché non si ha chiara coscienza della naturalità delle formazioni etiche e della loro rispondenza alle esigenze della vita sociale, che ne costituiscono la ragione necessaria e sufficiente. Ma non ha piú ragione di essere quando questa coscienza ci sia. Sapere che una condotta è richiesta dal tipo di struttura e di attività di un gruppo sociale, è sapere che quella deve essere la condotta degli individui che ne fanno parte; cioè la condotta buona; la giustificazione sta appunto in questa relazione. La conservazione della vita sociale è il fine; la condotta è buona perché serve a questo fine. Anzi quando si pone come dato, che la condotta tenuta come buona in un certo tempo e luogo è in sostanza la condotta socialmente buona per quel tempo e luogo, è, a dir poco, superfluo, l'andar cercando una giustificazione diversa da quella già assunta nel dato. Ciò che rende necessaria la condotta è ciò che la giustifica. Il resto sono esercizi inutili di dialettica stantía».

Ora io non nego che nel fatto della convivenza sociale bisogni cercare l'origine e la spiegazione della formazione etica; cosí come nella diversità delle esigenze concrete di questo o quel tipo sociale la spiegazione della diversità delle formazioni etiche speciali; nego che questa spiegazione sia una giustificazione sufficiente, o possa renderla inutile.

Aver coscienza della necessità naturale e storica di un determinato ordinamento sociale e della correlativa necessità naturale e storica della subordinazione dei singoli alle esigenze di esso ordinamento, non è aver coscienza della bontà, della giustizia, della eccellenza di quello: non è né approvare, né tanto meno desiderare quell'ordinamento come un fine direttamente o indirettamente preferibile a ogni altro fine; e finché questa preferibilità non è sentita, la subordinazione a quelle esigenze non è un volere, ma un subire.

Si dirà che alla coscienza della necessità dell'ordinamento presente si accompagna la coscienza che esso è una preparazione necessaria a una formazione sociale avvenire che riflette sulla presente la sua desiderabilità? Ed ecco che la ragione della bontà si trova non nelle condizioni che hanno modellata quella condotta, ma nel fine a cui serve o è creduta servire; ecco affacciarsi non ciò che è causa, ma ciò che è effetto; non il fatto, l'avvenuto, ma l'avvenire. E si ripresenta il problema: Perché, per quali ragioni, quella formazione futura avrà valore di fine?

Io non dico che neppure per questa via una soluzione sia possibile; dico che tenendo questa via si riconosce che il problema sussiste e richiede una soluzione; si riconosce che questa non si può dare finchè si guarda alla necessità di un effetto prodotto, e non alla desiderabilità di un effetto da produrre, cioè di un fine; finché si guarda indietro e non avanti. Senza avvenire non vi è finalità, e senza finalità non vi è giustificazione.


* * *


Se della giustificazione non si può fare a meno, è naturale che fino a quando essa è giudicata impossibile per altra via si riconosca la necessità di ricorrere a dati metafisici; i quali, si dice, debbono perciò, pur non potendo essere oggetto di dimostrazione e di certezza teoretica, essere accettati come postulati dell'esigenza pratica.

Non v'ha dubbio che la soluzione metafisica d'un al di là, dove i virtuosi sono felici della loro virtù e per la loro virtù, soddisfa questa esigenza di una conciliazione finale.

Ma pur appagandola urta contro altri scogli.

O è ammessa soltanto in virtù dell'esigenza a cui soddisfa e allora, per tacer d'altro, nessuno sforzo dialettico può cancellare dalla coscienza il suo carattere di ipotesi arbitraria. O è accettata su altro fondamento come un dato della rivelazione, una verità di fede connessa con altri dati da cui viene il suo carattere di certezza, e allora altre difficoltà si presentano. Ciò che alla coscienza appare fine ultimo della condotta e ciò che la giustifica è un fine la cui relazione colla condotta non è naturale, ma soprannaturale; un fine che è al di fuori e al di sopra non solo della società, ma della vita finita. E che valore può mai avere in tal caso il finito in paragone coll'infinito, l'umano in confronto col sovrumano? Che valore possono avere i fini stessi sociali se non quello che viene ad essi dai loro rapporti colla vita infinita? Ora ognun sa che relazioni di questo genere non possono essere in nessun modo dimostrate, ma soltanto affermate. E cosí si ha nella deduzione logica delle norme morali quell'iato, quella soluzione di continuità, la quale spiega come la medesima giustificazione metafisica possa valere in tempi diversi e talvolta nello stesso tempo per norme concrete di condotta non soltanto diverse ma opposte.

Ché se (come accade, perché la realtà della vita urge e costringe ogni teoria ai compromessi piú strani; sebbene la necessità generi la consuetudine, e la consuetudine veli le assurdità), se dai dati metafisici si deduce soltanto l'esigenza generica della subordinazione sociale, e si assume come criterio per la determinazione concreta delle norme la realtà via via mutabile delle condizioni storiche e delle esigenze corrispondenti, si riesce a questo bivio: O si riconosce che vi è una ragione intrinseca di superiorità o preferibilità di una forma sociale sulle altre; e questa ragione che ne legittima la preferibilità dà alla condotta correlativa un valore che sussiste indipendentemente dal fine so-prannaturale. O si riconosce che non vi è questa ragione, perché nessuna ha intrinsecamente, all'in-fuori della relazione ammessa con quel fine, valore di sorta, e allora ogni forma sociale è per sé in-differente. Ed è superfluo ricordare a quali effetti questa persuasione conduca.

Ma, malgrado questa ed altre difficoltà di ordine pratico (quelle di ordine teoretico non entrano nell'argomento presente), l'appello ai postulati metafisici appare una condizione necessaria di ogni costruzione etica, finché si giudica impossibile soddisfare per altra via all'esigenza di quella conciliazione.


2


Io penso che il problema sia insolubile perché mal posto; o piuttosto che il problema sorga e continui a sussistere per un difetto che vizia dall'origine il concetto di condotta buona. Si assume, per la necessità di cui s'è parlato piú sopra, come condotta buona la condotta che deve essere seguita date le esigenze di una certa vita sociale. Ma poi si vuole che sia giudicata buona da tutti i membri della società indipendentemente da quelle esigenze; e si trova che non può esser tale, se non è o appare ordinata rispetto ad un fine, nel quale tutti debbono ragionevolmente riconoscere il carattere di bene superiore per tutti a ogni altro bene. E la speculazione morale si volge a cercare il fine che valga a giustificare quella norma che si è posta come buona. Trovato il quale, le difficoltà spariscono come per incanto; e si procede alla costruzione logica delle norme cercando di dedurre da questo, che è posto nel quadro logico come ultimo e vero fine, quel tipo di condotta che si è già assunto come morale, e che è in realtà il postulato primo, la molla segreta di tutta la costruzione.

Cosí il processo logico si sovrappone, male nascondendone il vizio d'origine, al processo psicologico e storico reale; e cosí si ha in fondo alle costruzioni etiche questa capitale incongruenza.

Quello che è veramente il fine, in realtà, benché tacitamente assunto, rispetto al quale le norme sono stabilite, e che fornisce il criterio effettivo della condotta buona, è la rispondenza alle esigenze della struttura e della vita della società; quello che è palesemente assunto nella deduzione logica è un fine diverso. In breve: il fine che giustifica le norme non è quello da cui sono dedotte; la ragione per la quale le norme sono poste come buone non è la ragione per la quale si pretende che debbano valere come buone. Donde nasce questa incongruenza? Nasce da ciò: che il fine realmente assunto dovrebbe avere, ma non ha il carattere di fine universalmente buono, che pur si pretende nel fine morale; o, per esser piú chiari, che tra le condizioni necessarie alla vita umana sociale ci sono o si assumono delle esigenze le quali sono in tutto o in parte incompatibili colle esigenze della vita umana individuale.

Vediamolo in breve.

* * *

È bensí vero che, per impulso di quell'allargarsi e universalizzarsi del concetto morale della giustizia, che trovò la sua condizione esterna nella unificazione romana del mondo, e la sua affermazione ideale nel Cristianesimo, la speculazione etica viene via via allentando la relazione che stringeva originariamente la moralità alle esigenze concrete e determinate di questa o quest'altra forma di società storicamente definita; ed è vero che si propone poi di determinare il fine morale con un processo in apparenza puramente razionale, cercando di far astrazione da ciò che in quelle esigenze vi poteva essere di accidentale e di mutabile, e tenendo fermo soltanto ciò che è o appare universale e costante.

Ma questo processo di astrazione, appunto, come io credo, perché non completo, perché monco e parziale, non riesce a togliere quell'incongruenza.

Anche nelle costruzioni razionali si assumono come universali e costanti, come «essenziali» alla natura della società umana e dell'uomo, alla possibilità stessa astratta della convivenza, esigenze, che, per essere apparse costanti nelle forme di società storicamente piú note del passato, e per essere reali e manifeste nelle società civili presenti, sono pensate come esigenze impreteribili di ogni società, e come tali assunte tacitamente, se non apertamente, nella determinazione della condotta che deve subordinarsi ad esse.

Ora, e nel passato e nel presente le condizioni di esistenza e di organizzazione sociale richiesero e richiedono in effetto non solo quella limitazione ideale dei fini e delle attività dei singoli che è riassunta nel postulato del liberalismo di una uguale libertà per tutti, e che risponde all'esigenza razionale dell'universalità; ma una limitazione diversa; ingenita, per dir cosí, nella struttura stessa di esse società; ed è, come ognuno sa, la limitazione che all'esercizio delle attività e allo sviluppo della personalità umana viene non già dai termini segnati da quel postulato, ma dalla divisione economica delle classi e dall'antagonismo tra società e società. Questa limitazione, che riesce per necessità di-suguale, preclude a una parte piú o meno estesa dei componenti la società, una sfera di fini che è aperta a un'altra parte, e rende inevitabile una inferiorità sistematica di una o alcune classi sociali rispetto alle altre. Onde a chi consideri imparzialmente gli effetti di questa limitazione specialmente rispetto alle classi su cui grava tale inferiorità, appare non solo piú profondo, ma insanabile il con-flitto tra i bisogni e le aspirazioni individuali e le esigenze dell'assetto sociale; per le quali esso costa sacrifizi e rinunzie maggiori a chi riceve benefizi minori, e il dovere è tanto piú grave quanto chi lo osserva ha nella realtà meno diritti da esercitare, e, per dare alla cosa un'espressione estrema, il dovere appare piú che la salvaguardia dei diritti di tutti, una negazione dei diritti dei piú.

Ma finché nel concetto di esistenza sociale è implicita l'idea di una subordinazione siffatta, il fine rispetto al quale sono determinate realmente le norme, non può essere stimato ragionevolmente come un fine universalmente buono; né la norma che gli corrisponde come preferibile universalmente. Ed è perciò che appare come un'esigenza della giustizia che il fine, al quale nell'ordine sociale, o, come si dice con una identificazione abusiva, nell'ordine naturale delle cose, è ordinata la norma, non sia il vero, l'ultimo fine; ma un fine, che ha ragione di mezzo o di condizione rispetto a un altro che è veramente il fine, quello che dà carattere di giusta alla norma, e dà carattere di buona alla condotta che la osserva. Il Cristo degli Evangeli addita il regno celeste come l'ultima e vera meta appunto agli uomini «assetati di giustizia» .

La inconciliabilità, che nell'ordine della vita finita viene cosí ad affermarsi tra la condotta quale appare richiesta dalle esigenze della vita sociale, e quale apparirebbe richiesta dall'esigenza di una tale giustizia, si aggrava per la assunzione correlativa nel concetto di virtù di un elemento che naturalmente vi entra finché la virtù è concepita in relazione con quelle condizioni di esistenza; e che è pensato come essenziale finché non si fa astrazione da quelle. È insomma un difetto di astrazione nel campo soggettivo dei concetti, corrispondente al difetto di astrazione nel campo oggettivo della realtà, e che suggella, per cosí dire, nella coscienza l'antitesi. Si considera come essenziale alla virtù non tanto la impersonalità o universalità del motivo, quanto il sacrifizio o la negazione di sé; onde l'assurdo che si tenda a considerare come buona un'azione se è fatta per altri, e meno buona, o moralmente indifferente se è fatta, nelle stesse condizioni e per lo stesso motivo, per sé. Cosí per correlazione, il bene individuale si identifica coll'egoismo, anche se consiste nella ricerca e nel con-seguimento di un fine giusto; e non basta; ma il dar rilievo al sacrifizio nel concetto di azione buona rispetto alla società, porta a far spiccare l'idea del godimento esclusivo, egoistico nel concetto di a-zione buona nel rispetto individuale; raccogliendo tutti i beni dell'individuo come tale in un bene senza limiti di cui si fa il fine individuale per eccellenza. Come se i desideri e i sentimenti dell'indi-viduo, ai quali è relativo il bene suo, fossero di necessità tutti e soltanto egoistici; e come se anche i fini egoistici non possano avere valore morale se sono apprezzati come mezzo a un fine ulteriore non egoistico. Oltre di che lo sforzo senza tregua doloroso, concepito come caratteristico della moralità, fa nascere l'idea illusoria e in contraddizione non solo colla realtà presente, ma colle leggi piú elementari della vita, di una felicità che consista in una quiete, in uno stato durevole di godimento completo e definitivo, che la virtù dia quasi il diritto di raggiungere; e raggiunto, non lasci piú nulla da desiderare e da operare. Il che è – del resto – naturale. L'esagerazione chiama l'esagerazione; non altrimenti un lavoro costantemente eccessivo e penoso fa pensare come ideale l'inerzia, non l'attività misurata e adeguata.

Ma comunque e per qualunque ragione, oltre le dette, si formino quei concetti, certo è che l'opposizione, anzi direi, la incompatibilità radicale che rispetto all'esistenza finita si stabilisce tra essi, può essere attenuata ma non tolta, finché sono assunte come essenziali e inevitabili quelle esigenze della vita sociale.

3.

Cosí, adunque, anche le costruzioni che si presentano come puramente razionali, cadono nel medesimo vizio radicale di una duplicità di fini; e vi cadono perché nel determinare la condotta buona sono in modo esclusivo o prevalente dominate dalla preoccupazione, che sta all'origine della speculazione morale: la preoccupazione di ciò che richiede la vita sociale, e non di ciò che richiede la vita degli individui. E cosí invece di cercare, come è in apparenza l'assunto, quale fine possa valere come buono universalmente, per determinare in relazione con esso la condotta, si pone in realtà un fine che non è tale, e poi si pretende che la condotta ordinata a questo fine valga come buona u-niversalmente. Ora se questo processo è dal punto di vista storico e psicologico spiegabile e naturale, non è, dal punto di vista teorico o logico, legittimo. Che si direbbe di un igienista, il quale assumesse come tenor di vita modello quello rispondente alle condizioni di esistenza di un Esquimese, ed elevando a ideale dello stato di salute perfetto la sanità sotto quelle condizioni, pretendesse che le norme relative valessero come norme generali dell'igiene?

È perciò che si è affermato piú su esservi in fondo alle costruzioni razionali un difetto di astrazione, che non è, quando si vuol determinare idealmente la norma retta, in nessun modo giustificabile.

Perché si dovrà, nel determinare il tipo della condotta universalmente buona, astrarre da tutto ciò che nella condotta e nella volontà degli individui vi è di incompatibile con questa universalità e non astrarre anche da tutto ciò che con questa universalità vi è di incompatibile nella condotta della società? E se è legittimo che questa universalità valga come criterio della bontà, perché nell'ideale della condotta buona non dovrà essere rispecchiata l'osservanza di questa esigenza anche da parte della società? Non è non deve essere anche la condotta di questa, il suo modo di agire e di reagire, tutto il complesso delle influenze che essa esercita e all'interno e all'esterno, oggetto di giudizio e di valutazione morale? E se sí, come si potrà considerare quale norma universale della condotta buona quella che esprima la subordinazione a una società la cui condotta non sia buona? cioè insomma as-sumere come criterio del giusto le esigenze d'una società non giusta?

Ciò viene a dire che, per avere il tipo della condotta buona, non si può determinare la condotta dell'individuo separatamente da quella della società, o l'inverso; ma bisogna supporre che la stessa massima valga realmente e simultaneamente e per l'individuo rispetto alla società, e per ciascuna società rispetto agli individui e alle altre società. Soltanto a queste condizioni una massima può essere veramente universale e può avere valore universale il fine a cui quella massima appare ordinata.

Ma in tal caso che ne segue? Dato che valga la stessa massima per la condotta dei singoli e per quella della società e delle società, la direzione che ne risulta alla condotta dell'individuo (qui preme per ora considerare specialmente questa) è in tutto o in parte diversa da quella che sarebbe richiesta, se le esigenze della vita sociale non fossero contenute entro i confini segnati da quella medesima norma; cioè la condotta richiesta nel secondo caso è diversa da quella richiesta nel primo. Ne segue ancora, che se la condotta giusta è quella che è richiesta quando si supponga valere universalmente la stessa massima, ogni condotta diversa da questa non è la condotta giusta; e quindi la condotta che comunemente si pone come buona, determinandola in relazione a condizioni diverse da quelle che l'universalità della massima richiede, non è la condotta veramente buona e giusta.

Che significa tutto ciò se si traduce in termini piú chiari? Significa che se non è legittimo da questo punto di vista ideale che l'individuo consideri sé come fine e la società come mezzo, non è pure legittimo che la società, per il fatto solo che è società, ponga sé come fine, e l'individuo, o molti, o alcuni individui come mezzo; significa che se la vita dell'individuo deve essere un elemento nella vita del tutto, la vita del tutto deve costituire un ambiente favorevole allo svolgimento piú ampio della vita dei singoli; significa che se l'attività dei singoli deve essere ispirata da un motivo non egoistico, né altruistico, ma oggettivo e impersonale, cioè valido universalmente, o morale, deve apparire ispirata allo stesso motivo la condotta o l'azione della società. E importa chiarire il signifi-cato di questa espressione.

Per condotta o azione della società io non intendo qui quella soltanto, che è la parte piú superficiale e appariscente, e in cui si fa consistere comunemente l'opera dello stato quando si disputa intorno al suo ufficio negativo o positivo. Ma intendo anche e soprattutto le condizioni reali della società, il complesso delle influenze che essa esercita in quanto ha una determinata struttura e determinati ordinamenti economici, familiari, politici, religiosi, pedagogici; in quanto questa costituzione organica esercita, per il fatto stesso della sua esistenza, sull'individuo, fin dalla nascita, anzi fin sulla nascita, una azione negativa e positiva continua, e pone le condizioni nelle quali la sua personalità si deve sviluppare. Perciò assumendo come postulato ideale che la massima debba valere anche per la condotta della società, non si può e non si deve intendere che a questo postulato si sod-disfaccia ammettendo che essa debba regolare l'azione della società, data una certa struttura; ma che essa deve valere radicitus, per determinare quali siano le condizioni preliminari alle quali deve soddisfare la struttura stessa della società, perché la totalità dell'azione che essa esercita, cioè la sua condotta, possa essere conforme alla massima . Nel non aver visto la necessità di questa esigenza e nel non averne tenuto conto nelle sue deduzioni, sta, a mio giudizio, la ragione dello scarso frutto che lo Spencer ha ricavato dalla sua distinzione, che io ritengo, in tesi generale, legittima e feconda, fra Etica assoluta ed Etica relativa; e sta forse anche la ragione per cui di tale distinzione non fu generalmente apprezzato il valore. Egli vide chiaramente la necessità di considerare come tipo non l'uomo ideale di una società qualsiasi, bensí l'uomo ideale in una società ideale; ma, come fu notato, assunse poi in sostanza (tanta è la suggestione della realtà e delle tendenze) nella sua società ideale la struttura economica e politica della società industriale del suo tempo. E il tipo formulato non poteva essere il tipo cercato. Per questo rispetto è vizio della sua Etica, non un eccesso, come giudica il Vanni, ma piuttosto un difetto di astrazione.

Bisogna dunque idealmente far astrazione anche da ogni forma reale – già data – di struttura, e costruire secondo le esigenze ideali la norma, non dell'uomo giusto, ma della società umana giusta.

Insomma: il concetto, che io difendo, nella sua forma estrema si può formulare cosí: o bisogna rinunciare al valore universale della massima come carattere della giustizia, o bisogna riconoscere la necessità che questa esigenza penetri dappertutto; domini e ispiri tutti i rapporti dai piú superficiali ai piú profondi e fondamentali; agli ipogei, direbbe il Loria, della costituzione sociale.


* * *


Bisogna dunque che la medesima norma governi in tutte le sue esplicazioni tutta l'azione della società come tutta l'azione dei singoli; e che questa norma sia ordinata a un fine che ciascuno riconosca desiderabile per tutti prima e sopra ogni altro fine. Ma perché un fine sia tale, occorre che in esso consista o la felicità di tutti, o la condizione necessaria e indispensabile della felicità di tutti. Il primo caso non è possibile senza che si ammetta la uniformità costante e universale dei desideri e del valore soggettivo dei desideri; ipotesi inammissibile.

Resta dunque il secondo. E allora bisogna che le condizioni richieste dalla convivenza e dalla cooperazione sociale siano nel medesimo tempo le condizioni nelle quali solamente ciascuno riconosca possibile a sé e agli altri il raggiungimento del massimo bene; cioè siano tali, che, se mutassero in qualsivoglia modo, diminuirebbe per ciascuno il bene o aumenterebbe la pena. Quindi la conciliazione perfetta tra i due ordini di esigenze si ha quando le condizioni della esistenza sociale siano ad un tempo le condizioni di una vita per tutti e totalmente, cioè sotto ogni rispetto, desidera-bile. E allora il problema si presenta in questa forma: Quali sieno le condizioni oggettive e soggetti-ve, date le quali si ha questa conciliazione. La condotta che corrisponde a queste condizioni è la condotta idealmente giusta.

Ciò viene a dire che si deve far astrazione – nel rispetto oggettivo – da ogni causa di contrasto tra vita sociale e vita individuale, e – nel rispetto soggettivo – da ogni conflitto nella coscienza tra fini comuni e generali, e fini propri e particolari; ossia che bisogna supporre una società ideale di uomini giusti, per i quali il fine prossimamente supremo,

28

il fine desiderabile prima e a preferenza di ogni altro, sia il mantenimento delle condizioni di esistenza individuale e collettiva attuate in tale società.

Nell'osservanza della norma che risponde a quel fine l'homo iustus trova la condizione ugualmente necessaria di ogni bene comune e di ogni bene particolare proprio e altrui. In questo rapporto sta la ragione del valore che le riconosce di norma prima e fondamentale della condotta, ossia sta la giustificazione della norma. Per tal modo questa norma toglie l'antitesi tra la virtù e la felicità, non riducendo la prima alla seconda, o inversamente; né facendo dell'una il mezzo dell'altra, ma conciliandole nella giustizia; cioè nell'osservanza delle condizioni per le quali soltanto è possibile che la pratica della virtù e la ricerca della felicità si identifichino nella medesima condotta. Perché soltanto supposta una società ideale siffatta, sparisce ciò che vi è altrimenti di irreducibilmente incompatibile tra virtù e felicità; e svanisce dai due concetti quel che essi contengono di negativo e di esclusivo; quel che vi è di antindividuale nel primo, e quel che vi è di antisociale nel secondo.

Cosí, date le condizioni ideali, oggettive e soggettive, corrispondenti a questo tipo ideale dell'uomo e della società, il problema della giustificazione nel senso fin qui considerato non trova piú luogo; è, implicitamente, per dato stesso dell'ipotesi, risolto.

* * *

Ed ora lasciando di mostrare come in questa forma di conciliazione si acquietino, insieme coll'antitesi fondamentale, le antitesi secondarie che ne derivano (che sarebbe attraente e non difficile, ma non è necessario) bisogna soggiungere un'avvertenza indispensabile.

La norma che per tal modo si determina riguarda soltanto le condizioni primarie, alle quali soddisfa preliminarmente l'azione della società giusta e dell'individuo giusto in ogni sua forma e a qualunque scopo speciale sia rivolta; non contempla le condizioni secondarie, direi derivate, che si richiedono perché si attui una equità ulteriore; l'equità della virtù, che si esplica al di là della giustizia; ossia l'equità della simpatia, quando si intenda la simpatia in un senso parimenti universale e impersonale: la simpatia razionale dell'uomo per l'uomo (e subordinatamente per gli altri esseri) indipendentemente da motivi particolari e personali. Con ciò si apre il campo a una ricerca ulteriore dell'Etica (l'Etica della simpatia); per la quale, in forza di ragioni dello stesso genere, sarà necessario supporre una società di uomini perfettamente virtuosi; cioè una società, nella quale, osservate le condizioni preliminari della giustizia, il desiderio di ciascuno di cooperare alla felicità altrui non ha altro limite che il rispetto del medesimo desiderio in tutti gli altri. L'Etica della simpatia avrà dunque per oggetto di determinare la norma che regge la condotta in una società nella quale sulle basi della giustizia è attuata la massima solidarietà.

Questo cenno era necessario perché non sembrasse esclusa dal campo dell'Etica una parte che è il complemento dell'Etica della giustizia; e che dovrebbe trovar luogo accanto a questa, in una trattazione speciale. Ma poiché le ipotesi rispettivamente assunte nei due casi sono dello stesso genere e hanno un medesimo ufficio, non occorre qui per ciascuna delle due una considerazione distinta.

# CAPITOLO TERZO

## IL VALORE NORMATIVO DI UN'ETICA PURA

SOMMARIO: 1. L'uso dell'ipotesi — Etica pura ed etica applicata.

2: Postulato che si assume. — Esso può venire accettato qualunque sia la soluzione che si dà ai problemi metafisici della Morale.

3. Questione che rimane: La possibilità scientifica dell'ipotesi.


1.


Se, come si è concluso, per determinare razionalmente una norma che possa essere riconosciuta universalmente come giusta, bisogna supporre condizioni di esistenza della società umana e dei singoli diverse, se non del tutto opposte, dalle condizioni storiche reali, si presentano due domande: 1. L'ipotesi richiesta si può legittimamente assumere? 2. Ammesso che si possa, a che può servire? Se la condotta determinata nell'ipotesi è la condotta dell'homo iustus in una societas iusta, la legge che ne formula le regole che valore normativo può avere per condizioni di esistenza diverse dalle supposte? Cominciamo da questa seconda.


* * *


Ho accennato, poco piú su, alla distinzione dello Spencer tra Etica assoluta ed Etica relativa, approvandone se non l'applicazione, il concetto. Una distinzione di questo genere è già, chi bene osservi, per la forza stessa delle cose, in parte almeno, riconosciuta e praticata comunemente nei giudizi sulla condotta morale; benché con criteri empirici parziali e incerti, facilmente falsati ad op-portunismo, e perciò come per tacita convenzione dissimulati. Colla necessità ammessa in realtà, se non a parole, di una tale distinzione tra un'Etica pura e un'Etica applicata si connette il valore normativo dell'ipotesi abbozzata, che ne rende possibile, giustificandola, una determinazione razionale.

In conformità a quanto si è precedentemente detto, soltanto la norma che risponde alle condizioni ideali dell'ipotesi può essere giusta del tutto e per ogni rispetto; ossia puramente o idealmente giusta. Ne segue che qualsivoglia norma diversa da questa, anzi

31

essa medesima applicata in condizioni diverse dalle supposte e che ne rendano impossibile l'universalità, non può essere che piú o meno ingiusta. E poiché le condizioni reali sono infatti diverse, cioè necessitano una condotta o da parte della società o da parte dei singoli diversa da quella pienamente giusta, si domanda: Quale sarà in tali condizioni la condotta meno ingiusta, ossia giusta relativamente?

* * *

Se si esclude la risposta scettica della impossibilità di una determinazione razionale anche approssimativa (la quale riesce in ultimo alla giustificazione dell'opinione via via prevalente), le risposte possibili sono tre: O le condizioni reali presenti forniscono esse il criterio necessario e sufficiente per determinare in relazione con esse la condotta; ossia si identifica la condotta giusta colla condotta che ha per fine la conservazione dello stato presente e di fatto; e allora o si rinuncia alla giustificazione, come s'è osservato già, o bisogna assumere in forma esplicita o implicita che quello stato è o immutabile o che è per tutti e sotto ogni rispetto il piú desiderabile.

Oppure il criterio è fornito da una idealità, da una aspirazione che oltrepassa il presente e si appunta in una forma di esistenza piú desiderabile; e allora si aprono altre due vie: La condotta dettata da questa idealità, ossia la condotta conforme a quelle condizioni di esistenza – desiderabili sì, ma ideali non reali; future non presenti – è distinta e designata come buona sempre, come la condotta da seguire indipendentemente dalle condizioni in cui deve esplicarsi, dalla realtà presente e premente, e si ha un ideale di condotta utopistica, che si acquieta presso la generalità in un assenso puramente nominale; per il quale tra la dottrina professata a parole e la norma ritenuta realmente e seguita come giusta, non v'è nessuna coerenza.

O finalmente si riconosce che la condotta deve guardare all'avvenire, ma dispiegarsi nel presente; che l'idealità deve additare il fine, ma la realtà fornire i mezzi, e che l'azione rivolta a quel fine deve adeguarsi a questi mezzi; e allora si ammette che per stabilire quale è in certe condizioni reali della società e dell'individuo la condotta relativamente giusta, è necessario determinare come e quanto la realtà discordi dalle condizioni ideali. Il che richiede manifestamente la determinazione e di quella realtà e di queste condizioni ideali.

* * *

Data questa doppia determinazione, il problema si riduce a questa forma: fino a qual punto deve la condotta soddisfare alle esigenze della realtà, e fino a quale alle esigenze ideali? E assumendo come dati di induzione legittima che le condizioni reali sociali e individuali, oggettive e soggettive – sono soggette a trasformazione, e che questa trasformazione dipende, almeno in parte (e in proporzione via via maggiore) dalla condotta della società come un tutto e dei singoli, il problema capitale dell'Etica applicata diventa il seguente:

Quale sia in un dato momento storico la condotta (sociale e individuale) che, nei limiti delle esigenze necessariamente imposte dalle condizioni reali, è piú adatta a favorire la trasformazione di queste nella direzione segnata da quelle esigenze ideali, ossia tende ad attuarle.

Adunque il criterio dell'Etica applicata è il massimo avvicinamento possibile a quelle condizioni ideali; ossia è la corrispondenza della condotta alla possibilità che le condizioni reali presentano di soddisfare alle esigenze dell'Etica pura.

Determinare in relazione con questo criterio questo grado di corrispondenza per tutte le sfere di azione in cui si dispiega la condotta, è un problema senza dubbio complicatissimo e tale da non ammettere, si può dirlo a priori con certezza, che una soluzione approssimativa. Perché essa richiede dati molteplici e diversi mutuati da un gran numero di scienze particolari, segnatamente dalla psicologia e dalle scienze sociali e politiche, e deve tener conto delle combinazioni e ripercussioni ed elisioni di una quantità grande di fattori, e delle loro mutue azioni e reazioni.

Ma queste difficoltà, per quanto gravi, non toccano la legittimità del criterio, ma soltanto le forme dell'applicazione.

La quale comprenderà due campi distinti corrispondenti a quelli in cui si distingue l'Etica pura della giustizia.

Infatti le condizioni ideali assunte nell'ipotesi corrispondono alle esigenze della condotta giusta considerata nei due aspetti sotto cui si presenta: cioè le esigenze oggettive e le esigenze soggettive. Quindi il criterio generale enunciato si sdoppierà in due criteri concernenti rispettivamente, l'uno l'attività considerata in relazione cogli effetti, ossia col fine obbiettivo al quale è mezzo o condizione; l'altro l'attività considerata in relazione colle disposizioni psichiche dell'operante, ossia coi motivi dai quali è alimentata.

Sarà criterio della prima il massimo possibile avvicinamento alle condizioni ideali di esistenza della società giusta; cioè sarà relativamente giusta la condotta sociale e individuale che tende a conservare gli ordini della vita sociale e individuale in quanto corrispondono, e a modificarli in quanto non corrispondono (nel senso e nei limiti indicati) alle esigenze ideali. Questo criterio dovrebbe dunque guidare in tutte le forme in cui si esercita l'azione della società come un tutto (morale politica) e l'azione delle parti e dei singoli (morale privata).

In modo analogo sarà criterio della seconda l'avvicinamento alla forma ideale di coscienza, l'homo iustus. Quella disposizione della coscienza, che, date le condizioni psicologiche reali della collettività e dell'individuo, è meglio adatta ad assicurare l'universale e costante efficacia del motivo imparziale e impersonale della giustizia, e quindi a preparare la possibilità di una coscienza individuale e sociale totalmente retta, è la disposizione relativamente giusta, cioè giusta rispetto alle condizioni soggettive reali della collettività e dei singoli. E dovrebbe quindi valere anche come criterio per guidare in tutti i campi in cui si manifesta l'azione educativa formatrice e correttrice delle coscienze . E qui, sia lecito richiamarlo di sfuggita, riappare in conformità a quanto fu detto nel I Capitolo, il carattere essenzialmente formativo ed educativo (cioè pedagogico nel senso piú largo) del problema dell'obbligazione, e di conseguenza l'ufficio delle credenze metafisiche e religiose, su cui l'obbligazione si fonda, nella formazione storica e nell'educazione della coscienza morale.


2.


Ed ora si noti che quel riferimento alle condizioni ideali contemplate nell'ipotesi, il quale fornisce il criterio della condotta relativamente giusta, ne fornisce ad un tempo la giustificazione.

Se si riconosce che la forma di vita possibile in quelle condizioni ideali è preferibile ad ogni altra, bisogna ragionevolmente riconoscere la preferibilità su ogni altra della condotta che tende all'attuazione di quelle.

E perciò è levata quella duplicità di fini, di cui si è parlato nel Capitolo precedente. Nell'ipotesi, il fine rispetto al quale sono determinate le norme, è, come in ogni altra scienza normativa, o il medesimo fine, o una condizione necessaria di quel medesimo fine che dà valore alla norma. Ciò che vale come criterio o principio di deduzione è ad un tempo ciò che vale come principio di giustificazione.


* * *


Ma ammettendo che la norma di condotta cosí determinata debba ragionevolmente essere riconosciuta da tutti come preferibile per tutti a ogni altra norma, si assume, in modo esplicito o implicito, un postulato; questo: Che una vita universalmente e per tutti i rispetti desiderabile sia da preferire a una vita desiderabile solo per qualche rispetto e non universalmente; onde il corollario che le condizioni in cui è possibile la prima sono da preferire alle condizioni in cui è possibile soltanto la seconda.

La condotta che col criterio indicato si stabilisce e si giustifica come relativamente giusta è la condotta che un uomo ragionevole deve giudicar tale, se accetta, e ammesso che accetti, quel postulato. La giustificazione razionale dal punto di vista umano si arresta qui. Ogni questione al di là oltrepassa i limiti di una trattazione scientifica. Se una vita universalmente desiderabile sia il fine relativo, dietro al quale si nasconde o si rivela un Fine assoluto, che sia la ragione ultima di ogni bene; se e come la coscienza possa apprenderlo o intuirlo, e come possa volerlo per sé, sono questioni metafisiche che rimangono, ma la cui soluzione non pregiudica la validità delle determinazioni fondate su quel postulato, quando esso sia praticamente accettato. In tal caso esse hanno valore e autorità di norme buone rispetto alla vita umana finita, qualunque sia la soluzione che si dà a quei problemi metafisici. In un modo analogo a quello col quale le conclusioni scientificamente provate hanno valore di cognizioni vere qualunque sia la soluzione che si dà ai problemi sulla natura ultima dell'oggetto pensato, sulla natura ultima del soggetto pensante e sulla natura ultima della conoscen-za. E il parallelismo tra i due ordini di problemi è tutt'altro che casuale.

* * *

Ed ora è anche facile vedere come con questi problemi metafisici che si riferiscono all'esigenza giustificativa, si colleghino, richiamandoli, quelli che si riferiscono all'esigenza esecutiva.

Se la norma riconosciuta come giusta obblighi assolutamente; in che modo si faccia valere nella coscienza come obbligo, e in che modo sia possibile l'osservanza incondizionata di quest'obbligo assoluto, sono questioni che si intrecciano con quelle, e che la credenza risolve identificando il Sommo Bene col Potere obbligante, il riconoscimento del Bene coll'obbligo assoluto, la facoltà di obbedire a quest'obbligo colla libertà di volere o non volere quel Bene .

Ma di una credenza metafisica non si può dare in ultimo nessuna giustificazione, che non sia dal punto di vista razionale inadeguata, e dal punto di vista religioso irriverente. Perché ogni giustificazione si riduce ad una valutazione della credenza rispetto a un fine umano, sia pur questo fine il massimo; cioè si riduce necessariamente a dare all'assoluto un valore relativo. E allora le credenze metafisiche sono ricondotte nell'ambito di una relazione condizionale coi fatti umani, e considerati come fattori nella produzione di certi effetti.

Da questo punto di vista (che è, in fondo, se non si ha paura delle parole, utilitario, benché comunemente questa parola sia presa in un senso assai diverso e piú limitato), ciò che in un dato momento di sviluppo della coscienza morale importa soprattutto determinare, non è se esistano obiettivamente i dati delle credenze metafisiche, ma come siano e quali attributi abbiano; non è l'esistenza, ma è la natura degli oggetti. Ed è perciò che nel rispetto morale i problemi metafisici riguardano piú che l'esistenza di Dio o dell'Assoluto, gli attributi della Divinità e la coesistenza di questi attributi.

Quanto alla validità di queste credenze per sé, mi torna al pensiero come ammonimento ciò che diceva Cartesio a proposito delle verità rivelate: «Je pensais que pour

35

entreprendre de les examiner et y réussir, il était besoin d'avoir quelque extraordinaire assistance du ciel, et d'être plus qu'homme» (Disc. de la Meth. I).


* * *


Ma sotto qualunque rispetto si considerino questi problemi e gli altri molti che germogliano accanto ad essi, certo è che quel postulato non è incompatibile con nessuna delle soluzioni, positive o negative, che di tali problemi la metafisica proponga od accolga.

Cosí dal campo della metafisica morale resta distinto e indipendente quello, come può chiamarsi qui per antitesi, della fisica morale. Per tal guisa si rende possibile un criterio ideale della giustizia, che, appunto perché non trascende i limiti della vita umana finita, o almeno di ciò che entro questi limiti si considera come possibile, può esser valido universalmente, all'infuori della diversità delle soluzioni che le credenze i sentimenti e le tendenze, in una parola i temperamenti dei singoli, danno ai problemi metafisici; all'infuori, direi, di ogni diversità di fede metafisica.

E cosí si suggella anche nella derivazione e nella giustificazione teorica delle norme morali quella indipendenza dalle vedute metafisiche, che già s'è venuta disegnando nella pratica quotidiana della vita e nella valutazione del valor morale delle persone. Come la diversità delle credenze religiose si acquietò, in tempo non remoto, nell'accordo su certi postulati metafisici indipendenti dalle religioni positive, cosí per un ulteriore processo di differenziazione, la diversità delle credenze metafisiche si acquieterebbe nel riconoscimento di un postulato conforme alla coscienza morale universale, e indipendente dalle metafisiche diverse.

La distinzione tra mondo morale umano e mondo morale sovrumano compirebbe la distinzione, per il pensiero scientifico legittima insieme e feconda, tra mondo fenomenico e mondo noumenico.


3.


Tali applicazioni dell'ipotesi sono possibili, ammesso che l'ipotesi possa essere legittimamente assunta. Può essere?

La legittimità richiede in questo caso due condizioni: Che l'ipotesi abbia valore normativo dal punto di vista etico, e che sia legittima dal punto di vista scientifico.

Che soddisfaccia alla prima, risulta, se le cose dette sono vere, da tutta l'esposizione precedente; poiché all'ipotesi si giunge appunto partendo dall'esame delle condizioni necessarie perché una norma abbia valore morale. Ma se e come si possano determinare e assumere le condizioni richieste, senza contravvenire alle esigenze di una ipotesi scientifica, questo è quel che resterebbe da vedere.

La risposta a questa domanda dovrebbe, per riuscire efficace, consistere in un trattato d'Etica pura in cui venissero spiegati per esteso i dati assunti dall'ipotesi, ne fosse legittimata la derivazione, e ne fossero ricavati i corollari. Ma poiché l'idea fondamentale della necessità di un'Etica pura fu avanzata, benché da un altro punto di vista e con procedimento diverso, dallo Spencer, il quale ne ha anche fatta, come ognun sa, l'applicazione alle varie parti della condotta, le ragioni della convenienza e quelle del metodo concordano nel richiedere che chi viene dopo di lui non pretenda di considerare l'opera sua, qualunque ne siano i difetti e qualsivoglia giudizio se ne porti, come non avvenuta.

E perciò mi sono proposto un esame critico del procedimento tenuto e dei risultati a cui giunge, il quale si fondi su un'esposizione completa, senza alterazioni e sottintesi, di quello che è il genuino pensiero del filosofo inglese. Perché mi par di intendere che si sia venuto formando, almeno rispetto all'Etica, uno Spencer convenzionale, che differisce dallo Spencer com'è, nel modo stesso, fatte le debite proporzioni, che l'Aristotele tradizionale differiva dal vero Aristotele. Questo esame critico dimostrerà, spero, che le obiezioni mosse alla sua distinzione tra Etica assoluta ed Etica relativa toccano quella certa applicazione che del principio egli ha creduto di fare, ma non infirmano il principio, ossia la legittimità di una distinzione.

E potrà contribuire per qualche piccola parte a preparare una trattazione dell'Etica che soddisfaccia ad un tempo all'esigenza giustificativa ed all'esigenza scientifica.